사윗감 찾아 나선 쥐

글 배효정 | 그림 한갑수

4

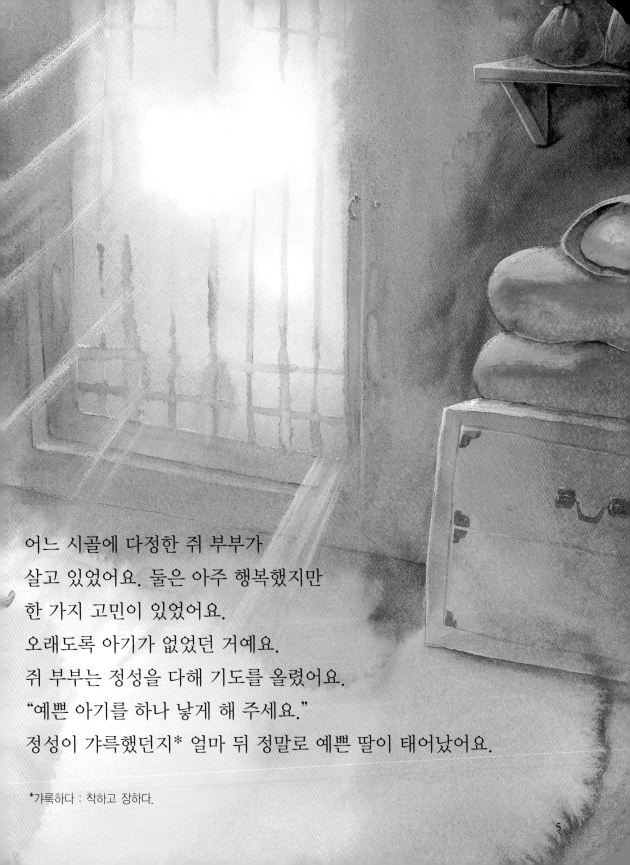

어느 시골에 다정한 쥐 부부가
살고 있었어요. 둘은 아주 행복했지만
한 가지 고민이 있었어요.
오래도록 아기가 없었던 거예요.
쥐 부부는 정성을 다해 기도를 올렸어요.
"예쁜 아기를 하나 낳게 해 주세요."
정성이 갸륵했던지* 얼마 뒤 정말로 예쁜 딸이 태어났어요.

*갸륵하다 : 착하고 장하다.

쥐 부부는 늦게 얻은 귀한 딸을 금이야 옥이야 키웠어요.
딸도 무럭무럭 자라 어느덧 아름다운 처녀가 되었지요.
얼마나 예뻤던지 총각 쥐들이 결혼을 하고 싶다고
앞다투어 찾아왔어요.
"아버님, 따님과의 결혼을 허락해 주십시오."
"따님을 이 세상에서 가장 행복하게 해 주겠습니다."
그러나 쥐 부부는 아무리 멋진 총각 쥐가 와도 마음에 차지 않았어요.
"우리 사위는 이 세상에서 가장 훌륭해야 해."

부부는 사윗감*을 직접 찾아 나서기로 했어요.
"그런데 이 세상에서 가장 힘세고 훌륭한 사윗감은 누구일까?"
남편 쥐가 묻자 아내 쥐가 대답을 했어요.
"혹시 하늘에 있는 **해님**이 가장 훌륭하지 않을까요?"
"그럴지도 몰라. 해님은 온 세상을 따뜻하게 비출 정도로
힘도 세고 아름답기까지 하잖아."

*사윗감 : 사위로 삼을 만한 사람.

9

10

쥐 부부는 긴 사다리를 만들어 타고 해님에게로 올라갔어요.
마침내 해님을 만난 쥐 부부는 두 손을 모으고 부탁을 했어요.
"해님은 이 세상에서 가장 힘이 세고 아름다우니
우리 사위가 되어 주세요."
그러자 해님이 껄껄 웃었어요.
"우리 사위가 되어 주는 거지요?"
해님은 어두운 표정으로 고개를 저었어요.

"안 돼요. 나보다 더 힘이 세고 잘난 것이 있어요."
해님의 말에 쥐 부부는 어리둥절한 표정으로 물었어요.
"아니, 해님보다 힘센 자가 도대체 누굽니까?"
해님은 한숨을 내쉬더니 말했어요.
"바로 먹구름이랍니다. 내가 아무리 빛을 비추려고 해도
먹구름이 막아 버리면 아무것도 할 수가 없지요."
쥐 부부는 실망하며 고개를 끄덕였어요.

"어디로 가야 먹구름을 만날 수 있을까요?"
해님이 친절하게 먹구름이 있는 곳을 가르쳐 주었어요.
"아마 바닷가 절벽에 가면 만날 수 있을 거예요."
쥐 부부는 먹구름을 찾아 바닷가로 향했어요.
"세상에서 가장 훌륭한 사윗감을 찾는 게
쉬운 일이 아닌 것 같아요."
아내 쥐의 말에 남편 쥐도 맞장구*를 쳤어요.

*맞장구 : 남의 말에 덩달아서 호응하거나 편드는 일.

바닷가 절벽에 다다른 쥐 부부는 먹구름을 불렀어요.
"먹구름님, 어디 계세요?"
마침 먹구름이 '윙윙!' 하고 달려와 쥐 부부 앞에서 멈췄어요.
"무슨 일인데 나를 부르세요?"
"먹구름님이 힘이 제일 세다고 하니 우리 사위가 되어 주세요."
그러자 먹구름은 머리를 흔들었어요.
"이를 어쩌지요? 나는 해는 가릴 수 있지만
바람은 당할 수 없어요. 바람이 세게 불면
나는 꼼짝없이 쫓겨난답니다. 그러니
바람이 나보다 훨씬 힘이 세지요."

쥐 부부는 또 바람을 찾아가야 했어요.
넓은 들판에 이르자 남편 쥐가 말했어요.
"어디로 가야 바람을 만날 수 있을까?"
그 때 마침 바람이 휘잉! 하고 불어왔어요.
"왜 나를 찾고 있나요?"
"가장 힘센 사윗감을 찾으러 왔답니다.
바람님이 우리의 사위가 되어 주세요."

바람은 '후!' 하고 바람을 일으켜 힘자랑을 했지만,
역시 고개를 살레살레 저었어요.
"내가 먹구름보다는 힘이 셀지 모르지만
이 세상에서 가장 힘이 센 건 아니랍니다."
"그럼 누가 가장 힘이 세다는 말이에요?"
아내 쥐가 궁금한 듯 물었어요.
"내가 아무리 세차게 불어도
저 산 위에 있는 돌부처*는
끄떡도 하지 않는답니다."

*돌부처 : 돌로 새겨 세운 불상.

쥐 부부는 다시 돌부처를 찾아 산으로 올라갔어요.
"여보, 좀 쉬었다 가요. 너무 힘이 들어요."
"우리 귀한 딸을 위한 것이니 조금만 더 힘을 냅시다."
쥐 부부는 쉬지 않고 영차영차 걸어갔어요.
누군가 먼저 돌부처를 사위로 맞아 버리면 안 되니까요.
드디어 쥐 부부는 산꼭대기에서 돌부처를 만났어요.
"돌부처님, 당신이야말로 이 세상에서 가장 힘도 세고
가장 훌륭한 분입니다. 우리 사위가 되어 주세요!"
쥐 부부는 돌부처에게 간절히 부탁을 했어요.

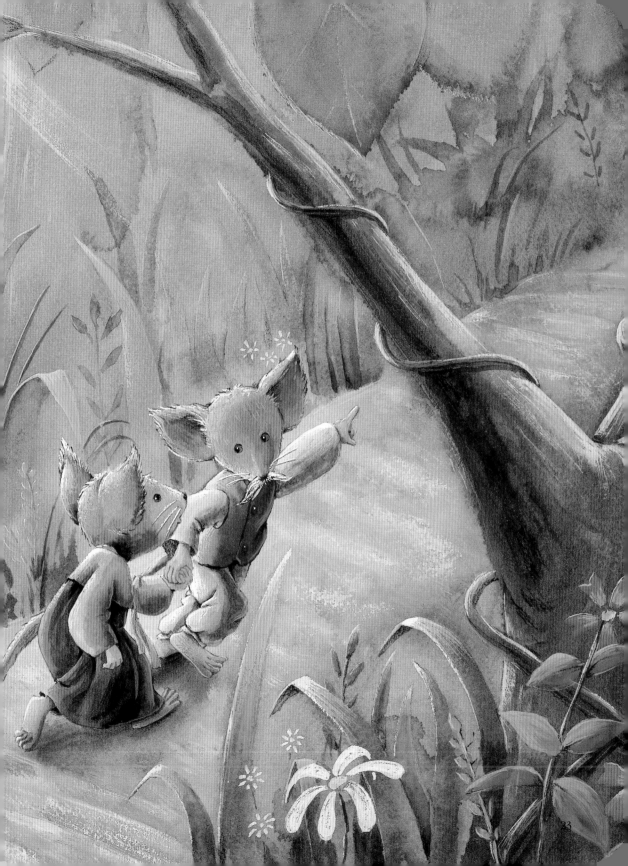

하지만 돌부처는 무뚝뚝한 표정으로 말했어요.
"해나, 먹구름이나, 바람은 하나도 무섭지 않지만
나보다 더 무서운 것이 있어요. 그건 바로 쥐랍니다.
내가 아무리 떡 버티고 서 있어도 쥐들이 사각사각
내 발 밑에 구멍을 내면 꼼짝없이 쓰러지고 맙니다.
그러니 쥐가 가장 힘이 세지 않겠소?"
쥐 부부는 돌부처의 말에 고개를 크게 끄덕이며
잠시 생각에 잠겼어요.

쥐 부부는 왠지 기분이 우쭐해졌어요.
"우리가 괜한 고생을 하고 다녔나 봐요."
산을 내려오며 아내 쥐가 남편 쥐에게 말했어요.
"그러게 말이오. 가장 훌륭한 사윗감이
가장 가까운 곳에 있었는데 말이오. 하하!"
"마을로 돌아가서 힘세고 훌륭한
사윗감을 고르도록 해요. 호호호!"
쥐 부부는 한바탕 크게 웃었답니다.

마을로 돌아온 쥐 부부가
사윗감을 구한다는 소문은 금세 퍼졌어요.
"잘 됐군. 나도 가만 있을 수 없지."
"힘도 세고 잘생긴 나야말로
사윗감으로 가장 제격이지."
마을 근처의 총각 쥐들이 쥐 부부의 집으로 모여들어
힘을 뽐내고 제 자랑을 늘어놓았어요.

쥐 부부는 그 중에서도 가장 훌륭한
총각 쥐를 사위로 맞아들였어요.
"이제 마음이 든든하구먼."
"그래요, 우리 딸과 너무 잘 어울리는걸요!"
쥐 부부는 만족한 표정으로 딸과 사위를 바라보았어요.
그 뒤 딸 부부는 부모를 잘 모시며 행복하게 살았답니다.

사윗감 찾아 나선 쥐

내가 만드는 이야기

아이들이 들려 주는 이야기를 들어 본 적이 있나요?

그 이야기 속에는 아이들의 무한한 상상력과 창의력이 담겨 있음을 발견하게 될 것입니다.

번호대로 그림을 보면서 앞에서 읽었던 내용을 생각하고,

아이들만의 상상력과 창의력이 표현된 이야기를 만들어 보게 해 주세요.

사윗감 찾아 나선 쥐

옛날 옛적 사윗감을 찾아 나선 쥐 이야기

어느 시골에 다정한 쥐 부부가 살고 있었습니다. 쥐 부부는 어렵게 얻은 딸을 굉장히 아끼고 사랑했지요. 어느덧 딸이 무럭무럭 자라 결혼을 할 때가 되었습니다. 시골 쥐 부부는 딸을 위해 세상에서 가장 훌륭한 사윗감을 구하려고 길을 떠나게 됩니다.

쥐 부부가 제일 먼저 찾아간 것은 해님이었습니다. 쥐 부부는 이 세상에서 제일 힘센 해님에게 사위가 되어 달라고 말하죠. 그러나 해님은 자신을 가로막는 먹구름이 자기보다 더 강하다고 말합니다.

이에 쥐 부부는 먹구름을 찾아가지만 먹구름은 바람이 자기보다 낫다고 말합니다.

쥐 부부는 다시 바람을 찾아가지만 바람 또한 자신은 돌부처를 도저히 쓰러뜨릴 수가 없다고 말합니다.

▲ 옛 그림에 나온 들쥐의 모습.

쥐 부부는 돌부처를 찾아가지만 돌부처도 자신보다 더 강한 것이 있다고 대답합니다. 그것은 바로 자신의 발 밑에 있는 흙을 파헤치는 쥐였습니다.

그제야 자신들이 찾던 사윗감이 어디 있는지 깨달은 쥐 부부는 마을로 내려와 총각 쥐들 사이에서 훌륭한 사윗감을 찾아 맞이합니다.

〈사윗감 찾아 나선 쥐〉는 자신의 분수를 모르고 헛된 희망을 품은 시골 쥐 부부를 통해 자신의 참된 가치를 깨닫게 하는 교훈을 담고 있습니다.